CME-K
2nd Edition

補充練習 繁體版
Traditional Character Version

Worksheets
CHINESE MADE EASY
FOR KIDS 輕鬆學漢語 少兒版

4

Yamin Ma

Joint Publishing (H.K.) Co., Ltd.
三聯書店（香港）有限公司

Chinese Made Easy for Kids (Worksheets 4)

Yamin Ma

Editor	Hu Anyu, Li Yuezhan
Art design	Arthur Y. Wang, Yamin Ma
Cover design	Arthur Y. Wang, Zhong Wenjun, Sun Suling
Graphic design	Zhong Wenjun
Typeset	Sun Suling

Published by

JOINT PUBLISHING (H.K.) CO., LTD.

20/F., North Point Industrial Building,

499 King's Road, North Point, Hong Kong

Distributed by

SUP PUBLISHING LOGISTICS (H.K.) LTD.

3/F., 36 Ting Lai Road, Tai Po, N.T., Hong Kong

First published April 2012

Second edition, first impression, September 2015

Second edition, second impression, July 2020

E-mail:publish@jointpublishing.com

輕鬆學漢語 少兒版 (補充練習四) 〔繁體版〕

編　　著	馬亞敏
責任編輯	胡安宇　李玥展
美術策劃	王　宇　馬亞敏
封面設計	王　宇　鍾文君　孫素玲
版式設計	鍾文君
排　　版	孫素玲
出　　版	三聯書店（香港）有限公司 香港北角英皇道 499 號北角工業大廈 20 樓
發　　行	香港聯合書刊物流有限公司 香港新界大埔汀麗路 36 號 3 字樓
印　　刷	美雅印刷製本有限公司 香港九龍觀塘榮業街 6 號 4 樓 A 室
版　　次	2012 年 4 月香港第一版第一次印刷 2015 年 9 月香港第二版第一次印刷 2020 年 7 月香港第二版第二次印刷
規　　格	大 16 開（210 × 260mm）68 面
國際書號	ISBN 978-962-04-3715-1

© 2012, 2015 三聯書店（香港）有限公司

前言

　　編寫《輕鬆學漢語》少兒版補充練習冊（第二版）的目的，是希望學生能通過各種題型的相關練習，鞏固所學的語言知識，提高語言技能。

　　作爲課本和練習冊的補充材料，本書既可以供教師在課上當作練習使用，也可以作爲學生的課下作業。還可以作爲考卷，用來測試學生對每課內容的掌握程度。

馬亞敏
2015年5月

目　錄

第一課　你去過哪裏

A Fill in the blanks with the words in the box.

hàn yǔ	yīng yǔ	fǎ yǔ	rì yǔ	xī bān yá yǔ	yì dà lì yǔ
漢語	英語	法語	日語	西班牙語	意大利語

zhōng guó rén shuō
1) 中國人説＿＿＿＿。

rì běn rén shuō
2) 日本人説＿＿＿＿。

fǎ guó rén shuō
3) 法國人説＿＿＿＿。

xī bān yá rén shuō
4) 西班牙人説＿＿＿＿。

yì dà lì rén shuō
5) 意大利人説＿＿＿＿。

ào dà lì yà rén shuō
6) 澳大利亞人説＿＿＿＿。

měi guó rén hé yīng guó rén shuō
7) 美國人和英國人説＿＿＿＿。

xīn jiā pō rén shuō　　　　hé
8) 新加坡人説＿＿＿和＿＿＿。

B Circle the words that you know and write down their meanings.

yé	ye	wài	gōng	xiōng
爺	爺	外	公	兄
gū	gu	pó	zhōng	dì
姑	姑	婆	中	弟
jiù	nǎi	nai	guó	jiě
舅	奶	奶	國	姐
shū	jiu	chū	jiā	mèi
叔	舅	出	家	妹
shu	xué	shēng	rì	rén
叔	學	生	日	人

1) __father's father__

2) _____

3) _____

4) _____

5) _____

6) _____

7) _____

8) _____

9) _____

10) _____

1

第一課　你去過哪裏

A Write the radicals.

① ☐ towel
② ☐ heart
③ ☐ sun
④ ☐ standing person

⑤ ☐ female
⑥ ☐ again
⑦ ☐ walk
⑧ ☐ water

B Group the words into the correct category.

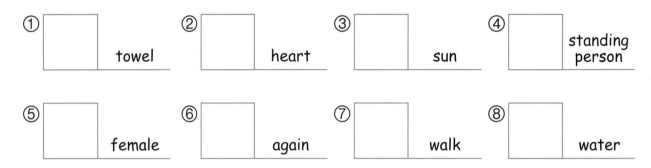

| yé ye 爺爺 | gū gu 姑姑 | jiù jiu 舅舅 | shū shu 叔叔 | nǎi nai 奶奶 | wài pó 外婆 | ā yí 阿姨 | wài gōng 外公 |

爸爸家	媽媽家

C Answer each question by drawing a picture. Write characters if you can.

nǐ bà ba shǔ shén me 1) 你爸爸屬什麼？	nǐ mā ma shǔ shén me 2) 你媽媽屬什麼？	nǐ shǔ shén me 3) 你屬什麼？

第一課　你去過哪裏

A **Rearrange the words/phrases to make sentences and write them out.**

1) 現在 / 哥哥 / 上大學 / 在中國 /。
   _{xiàn zài} _{gē ge} _{shàng dà xué} _{zài zhōng guó}

   → _____

2) 在北京 / 我爸爸 / 工作 /。
   _{zài běi jīng} _{wǒ bà ba} _{gōng zuò}

   → _____

3) 國家 / 有 / 月亮上 / 什麼 / ？
   _{guó jiā} _{yǒu} _{yuè liang shang} _{shén me}

   → _____

4) 去過 / 我 / 西班牙 / 意大利 /和 /。
   _{qù guo} _{wǒ} _{xī bān yá} _{yì dà lì} _{hé}

   → _____

5) 看爺爺 / 我 / 新加坡 / 去 /。
   _{kàn yé ye} _{wǒ} _{xīn jiā pō} _{qù}

   → _____

B **Write the dates in Chinese.**

1) January 20 _____

2) Sunday, November 15 _____

3) Saturday, September 24, 2016 _____

3

第一課　你去過哪裏

A Answer the questions.

nǐ jīn nián jǐ suì le
1) 你今年幾歲了？ _____

nǐ zài nǎr chū shēng
2) 你在哪兒出生？ _____

nǐ qù guo shén me guó jiā
3) 你去過什麼國家？ _____

nǐ huì shuō shén me yǔ yán
4) 你會說什麼語言？ _____

B Fill in each box with the correct character.

| 學 | 在 | 現 | 叫 | 也 | 出 | 國 | 最 | 是 |

wǒ　jiào　　　lè le　　wǒ　shì　　zhōng guó rén　　wǒ jīn nián shí suì
我 ☐ 樂樂。我 ☐ 中國人。我今年十歲。

wǒ　zài　　měi guó　chū　shēng　　wǒ men yì jiā rén　xiàn　　zài zhù zài shàng hǎi
我 ☐ 美國 ☐ 生。我們一家人 ☐ 在住在上海。

wǒ qù guo hěn duō　guó　jiā　　wǒ qù guo ào dà lì yà　　xī bān
我去過很多 ☐ 家。我去過澳大利亞、西班

yá　　yì dà lì děng děng　wǒ　zuì　xǐ huan zhōng guó　　wǒ　yě　xǐ huan
牙、意大利等等。我 ☐ 喜歡中國。我 ☐ 喜歡

xīn jiā pō　　wǒ gē ge zài nà li shàng dà　xué
新加坡。我哥哥在那裏上大 ☐ 。

第二課 北京的四季

A Write the time in Chinese.

1) 07:10   早上七點十分

2) 10:30 _____

3) 12:15 _____

4) 14:05 _____

5) 19:45 _____

6) 08:50 _____

zǎo shang	
a) 早上 early morning	
shàng wǔ	
b) 上午 morning	
zhōng wǔ	
c) 中午 noon	
xià wǔ	
d) 下午 afternoon	
wǎn shang	
e) 晚上 evening	

B Rearrange the words/phrases to make sentences and write them out.

yǒu   sì ge jì jié   yì nián   běi jīng

1) 有 / 四個季節 / 一年 / 北京 /。

→ _____

jīn tiān   guā dà fēng   shàng hǎi   xià dà yǔ

2) 今天 / 颳大風， / 上海 / 下大雨 /。

→ _____

líng xià sān dù   zài   qì wēn   míng tiān   zuǒ yòu

3) 零下三度 / 在 / 氣溫 / 明天 / 左右 /。

→ _____

第二課　北京的四季

A Write the radicals.

① ☐ speech　② ☐ border　③ ☐ mouth　④ ☐ sunset

⑤ ☐ roof with chimney　⑥ ☐ father　⑦ ☐ seedling　⑧ ☐ stretching person

B Write the characters if you can, otherwise use pinyin.

Answers:

a) T恤衫　*xù shān*
g) 帽子　*mào zi*

b) 毛衣　*máo yī*
h) 外套　*wài tào*

c) 圍巾　*wéi jīn*
i) 牛仔褲　*niú zǎi kù*

d) 手套　*shǒu tào*
j) 連衣裙　*lián yī qún*

e) 涼鞋　*liáng xié*
k) 皮鞋　*pí xié*

f) 襪子　*wà zi*
l) 短褲　*duǎn kù*

① 毛衣
②
③
④
⑤
⑥
⑦
⑧
⑨
⑩
⑪
⑫

第二課　北京的四季

A Write the characters if you can, otherwise use pinyin.

Answers:

a) lěng 冷

b) rè 熱

c) xià dà yǔ 下大雨

d) xià xiǎo yǔ 下小雨

e) guā fēng 颱風

f) xià xuě 下雪

g) duō yún 多雲

h) tiān qíng 天晴

①

②

③

下大雨

④

⑤

⑥

⑦

⑧

B Write a sentence for each picture.

①

shàng hǎi
上海
10 ℃

上海今天多雲……

②

běi jīng
北京
-8 ℃

第二課　北京的四季

A Highlight the sentences in different colours. Write down the meaning of each sentence.

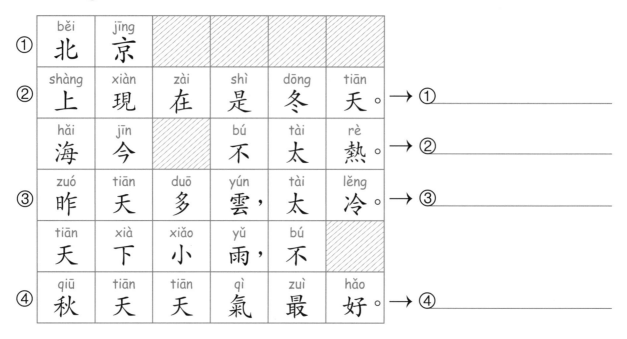

①	běi 北	jīng 京				
②	shàng 上	xiàn 現	zài 在	shì 是	dōng 冬	tiān 天。	→① _____
	hǎi 海	jīn 今		bú 不	tài 太	rè 熱。	→② _____
③	zuó 昨	tiān 天	duō 多	yún 雲，	tài 太	lěng 冷。	→③ _____
	tiān 天	xià 下	xiǎo 小	yǔ 雨，	bú 不		
④	qiū 秋	tiān 天	tiān 天	qì 氣	zuì 最	hǎo 好。	→④ _____

B Fill in each box with the correct character.

běi jīng yì [nián] yǒu sì ge [jì] jié chūn tiān xià tiān qiū tiān
北京一☐有四個☐節：春天、夏天、秋天

[hé] dōng tiān chūn tiān bú [tài] lěng qì wēn zài shí wǔ dù zuǒ yòu
☐冬天。春天不☐冷，氣溫在十五度左右。

xià tiān hěn [rè] qì wēn zài sān shí sān dù zuǒ yòu qiū tiān tiān qì [zuì]
夏天很☐，氣溫在三十三度左右。秋天天氣☐

hǎo bù lěng [yě] bù cháng xià [yǔ] qì wēn zài shí dù zuǒ yòu dōng
好，不冷，☐不常下☐，氣溫在十度左右。冬

tiān xià [xuě] hěn lěng qì wēn zài [líng] xià shí dù zuǒ yòu
天下☐，很冷，氣溫在☐下十度左右。

第三課　他生病了

A Answer the questions.

①
lǎo hǔ shēnshang de máoshén me yán sè
老虎身上的毛什麼顏色？
黃色　黑色

②
niǎo shēn shang de yǔ máoshén me yán sè
鳥身上的羽毛什麼顏色？

③
jīn yú shén me yán sè
金魚什麼顏色？

④
māoshēn shang de máoshén me yán sè
貓身上的毛什麼顏色？

Useful words:

hóng sè
a) 紅色

bái sè
b) 白色

hēi sè
c) 黑色

huī sè
d) 灰色

zōng sè
e) 棕色

lǜ sè
f) 綠色

chéng sè
g) 橙色

huáng sè
h) 黃色

B Circle the odd one.

shēng bìng	xué shēng	gǎn mào	tóu tòng	fā shāo	ké sou
1) 生病	(學生)	感冒	頭痛	發燒	咳嗽

dàn gāo	yǎn jìng	bǐng gān	shǔ piàn	táng guǒ	qiǎo kè lì
2) 蛋糕	眼鏡	餅乾	薯片	糖果	巧克力

niú ròu	yáng ròu	jī ròu	qián miàn	xī guā	cǎo méi
3) 牛肉	羊肉	雞肉	前面	西瓜	草莓

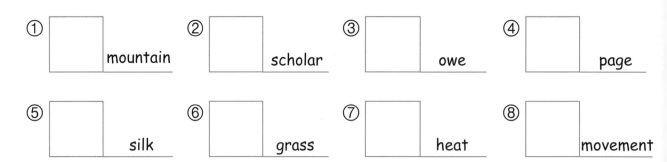

第三課　他生病了

A Write the radicals.

① ☐ mountain　② ☐ scholar　③ ☐ owe　④ ☐ page

⑤ ☐ silk　⑥ ☐ grass　⑦ ☐ heat　⑧ ☐ movement

B Match the question with the answer.

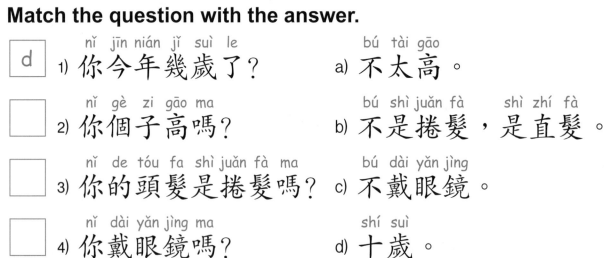

d	1) nǐ jīn nián jǐ suì le 你今年幾歲了？		a) bú tài gāo 不太高。
☐	2) nǐ gè zi gāo ma 你個子高嗎？		b) bú shì juǎn fà shì zhí fà 不是捲髮，是直髮。
☐	3) nǐ de tóu fa shì juǎn fà ma 你的頭髮是捲髮嗎？		c) bú dài yǎn jìng 不戴眼鏡。
☐	4) nǐ dài yǎn jìng ma 你戴眼鏡嗎？		d) shí suì 十歲。

C Use the information given to write a passage about the person.

- lǐ lì jiǔ suì shàng wǔ nián jí
  李力，九歲，上五年級
- zhōng guó rén xiàn zài zhù zài běi jīng
  中國人，現在住在北京
- bà ba mā ma hé yí ge jiě jie
  爸爸、媽媽和一個姐姐
- bù gāo yě bú pàng
  不高也不胖
- dà yǎn jing gāo bí zi hé dà zuǐ ba
  大眼睛、高鼻子和大嘴巴

第三課　他生病了

A **Rearrange the words/phrases to make sentences and write them out.**

　　　tóu tòng　　wǒ dì di　　jīn tiān
1) 頭痛 / 我弟弟 / 今天 /。→ ＿＿＿＿＿＿＿＿＿＿＿＿

　　cháng cháng　　wǒ nǎi nai　　gǎn mào
2) 常常 / 我奶奶 / 感冒 /。→ ＿＿＿＿＿＿＿＿＿＿＿＿

　　yào　　jīn tiān　　wǒ　　shàng xué　　qù
3) 要 / 今天 / 我 / 上學 / 去 /。

　　→ ＿＿＿＿＿＿＿＿＿＿＿＿＿＿＿＿＿＿

　　qù　　míng tiān　　bà ba　　yào　　běi jīng
4) 去 / 明天 / 爸爸 / 要 / 北京 /。

　　→ ＿＿＿＿＿＿＿＿＿＿＿＿＿＿＿＿＿＿

B **Fill in each box with the correct character.**

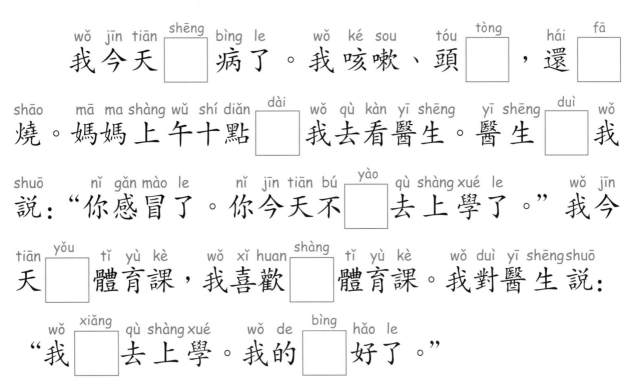

11

第三課　他生病了

A Complete the sentences by using the words in the box. Write down the meaning of each sentence.

a) 出去 chū qu	b) 睡覺 shuì jiào	c) 站起來 zhàn qi lai	d) 去動物園 qù dòng wù yuán
e) 說話 shuō huà	f) 去圖書館 qù tú shū guǎn	g) 騎自行車上學 qí zì xíng chē shàng xué

nǐ bú yào
1) 你不要＿＿＿＿＿＿＿＿＿＿＿

bú yào
2) 不要＿＿＿＿＿＿＿＿＿＿＿

bié
3) 別＿＿＿＿＿＿＿＿＿＿＿

bié
4) 別＿＿＿＿＿＿＿＿＿＿＿

B Highlight the words as required.

tóu tòng 頭痛	ěr duo 耳朵	liǎn 臉	lǎo hǔ 老虎	guā fēng 颱風	ké sou 咳嗽
tóu 頭	duō yún 多雲	māo 貓	gǎn mào 感冒	bí zi 鼻子	xià yǔ 下雨
gǒu 狗	fā shāo 發燒	xióng māo 熊貓	hóu zi 猴子	yǎn jing 眼睛	shǒu 手
zuǐ ba 嘴巴	tiān qíng 天晴	jiǎo 腳	xià xuě 下雪	shī zi 獅子	dà xiàng 大象

shēng bìng　　hóng sè
1) 生病：紅色

dòng wù　　lán sè
2) 動物：藍色

shēn tǐ　　lǜ sè
3) 身體：綠色

tiān qì　　huáng sè
4) 天氣：黃色

第四課　這是游泳池

A Put a tick if the sentence is correct and a cross if it is incorrect.

①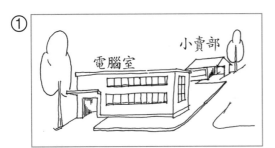

diàn nǎo shì zài xiǎo mài bù hòu miàn
電腦室在小賣部後面。

②

nǚ cè suǒ zài nán cè suǒ qián miàn
女廁所在男廁所前面。

③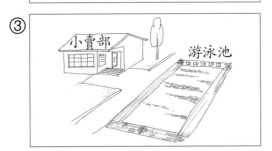

xiǎo mài bù zài yóu yǒng chí zuǒ bian
小賣部在游泳池左邊。

④

cāo chǎng zài lǐ táng hòu miàn
操場在禮堂後面。

B Circle the words which are not related to school.

xué shēng	lǐ táng	diàn nǎo	cāo chǎng	shū zhuō	kè běn
學生	禮堂	電腦	操場	書桌	課本
tú shū guǎn	lǎo shī	fēi jī	jiào shì	hàn yǔ	gāo xìng
圖書館	老師	飛機	教室	漢語	高興

第四課　這是游泳池

A　Write the radicals.

① □ son

② □ wood

③ □ white

④ □ flesh

⑤ □ cave

⑥ □ clothes

⑦ □ field

⑧ □ sickness

B　Rearrange the words/phrases to make sentences and write them out.

1) shì / zhè / xué xiào / de / wǒ men
是 / 這 / 學校 / 的 / 我們 /。

→ _____

2) yóu yǒng chí / tǐ yù guǎn / qián miàn / zài
游泳池 / 體育館 / 前面 / 在 /。

→ _____

3) diàn nǎo shì / zài / hòu miàn / xiǎo mài bù
電腦室 / 在 / 後面 / 小賣部 /。

→ _____

C　Write down the meaning of each word.

1) shù xué
數學 _____

2) kē xué
科學 _____

3) hàn yǔ
漢語 _____

4) yīng yǔ
英語 _____

5) yīn yuè
音樂 _____

6) tǐ yù
體育 _____

7) shàng kè
上課 _____

8) fàng xué
放學 _____

9) huí jiā
回家 _____

第四課　這是游泳池

Label the places in characters if you can, otherwise use pinyin.

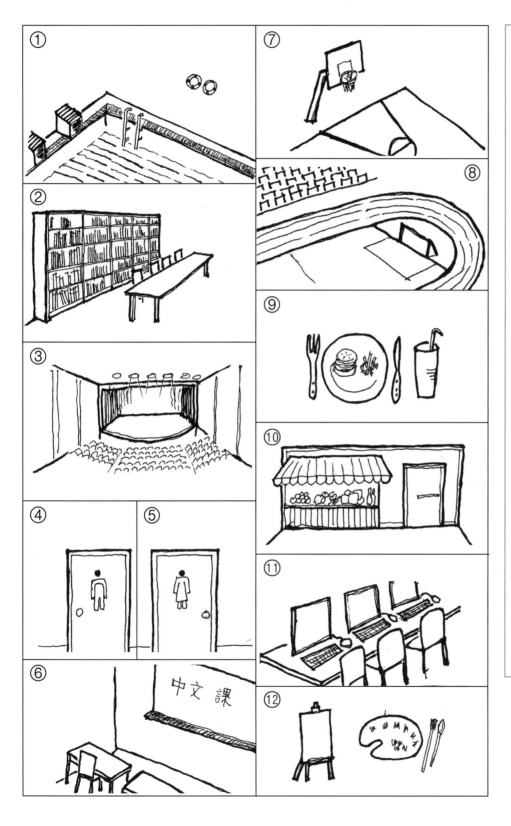

Answers:

a) jiào shì 教室

b) cāo chǎng 操場

c) lǐ táng 禮堂

d) cān tīng 餐廳

e) tǐ yù guǎn 體育館

f) tú shū guǎn 圖書館

g) yóu yǒng chí 游泳池

h) xiǎo mài bù 小賣部

i) nán cè suǒ 男廁所

j) nǚ cè suǒ 女廁所

k) diàn nǎo shì 電腦室

l) měi shù shì 美術室

第四課　這是游泳池

Fill in each box with the correct character and draw a picture of the school. Then draw a picture of your school and write a passage about it if you can.

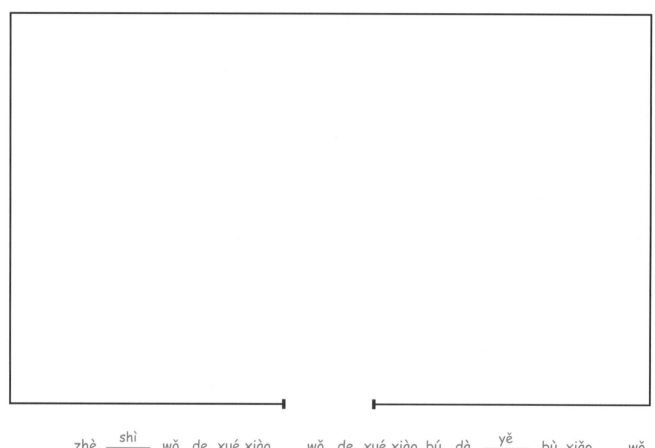

這 [shì] 我的學校。我的學校不大 [yě] 不小。我

的學校 [yǒu] 一個大 [lǐ] 堂、一個游泳 [chí] 、一個操

[chǎng] 、一個 [tǐ] 育館。男廁所在女廁所 [hòu] 面。小賣

部在 [tú] 書館 [qián] 面。

第五課　請把書打開

A Fill in each box with the correct character.

| 國 | 體 | 語 | 本 | 可 | 電 | 學 | 安 |

1) 漢 [yǔ 語]（hàn）

2) 中 [guó 國]（zhōng）

3) [xué 學] 校（xiào）

4) 練習 [běn 本]（liàn xí）

5) [tǐ 體] 育（yù）

6) [diàn 電] 腦（nǎo）

7) [ān 安] 靜（jìng）

8) [kě 可] 以（yǐ）

B Rearrange the words/phrases to make sentences and write them out.

1) 打開 / 把 / 請 / 書 / ！→ _____
dǎ kāi　bǎ　qǐng　shū

2) 認真 / 請 / 聽 / ！→ _____
rèn zhēn　qǐng　tīng

3) 出來 / 課本 / 把 / 拿 / ！→ _____
chu lai　kè běn　bǎ　ná

4) 把 / 請 / 合上 / 書 / ！→ _____
bǎ　qǐng　hé shang　shū

5) 可以 / 去 / 廁所 / 我 / 嗎 / ？→ _____
kě yǐ　qù　cè suǒ　wǒ　ma

6) 圖書館 / 在 / 左邊 / 禮堂 / 。→ _____
tú shū guǎn　zài　zuǒ bian　lǐ táng

7) 書 / 把 / 書包 / 放進 / 裏 / 。→ _____
shū　bǎ　shū bāo　fàng jin　li

第五課 請把書打開

A Write the radicals.

① [ ] eye

② [ ] strength

③ [ ] cow

④ [ ] two people

⑤ [ ] animal

⑥ [ ] mother

⑦ [ ] feeling

⑧ [ ] rain

B Match the two parts of a sentence.

[ ] 1)
wǒ wèn lǎo shī
我問老師：

a)
qǐng gēn wǒ dú
"請跟我讀！"

[ ] 2)
qǐng ān jìng
請安靜，

b)
bǎ shū fàng jin shū bāo li
把書放進書包裏。

[ ] 3)
lǎo shī duì wǒ menshuō
老師對我們説：

c)
wǎ kě yǐ qù cè suǒ ma
"我可以去廁所嗎？"

[ ] 4)
qǐng bǎ bǐ ná chu lai
請把筆拿出來，

d)
xiàn zài kāi shǐ xiě
現在開始寫。

[ ] 5)
qǐng bǎ shū hé shang
請把書合上，

e)
rèn zhēn tīng
認真聽。

C Write down the meaning of each sentence.

1)
qǐng bǎ shū dǎ kai
請把書打開！

_____

2)
bú yào shuō huà   rèn zhēn tīng
不要説話，認真聽。

_____

3)
wǒ kě yǐ qù cè suǒ ma
我可以去廁所嗎？

_____

4)
qǐng bǎ liàn xí běn fàng jin shū bāo li
請把練習本放進書包裏。

_____

第五課　請把書打開

A Circle the words that you know and write down their meanings.

cǎi 彩	① yán 顏	dōng 東	qián 前	shàng 上
yóu 游	sè 色	xi 西	hòu 後	miàn 面
yǒng 泳	jiǎn 剪	bǐ 筆	shū 書	fáng 房
chí 池	dāo 刀	kě 可	zi 子	bāo 包
shàng 上	kè 課	yǐ 以	rèn 認	zhēn 真

1) _____colour_____   6) _____

2) _____   7) _____

3) _____   8) _____

4) _____   9) _____

5) _____   10) _____

B Translate the sentences.

nǐ zǎo
1) 你早！

zài jiàn
6) 再見！

qǐng jìn
11) 請進！

qǐng ān jìng
2) 請安靜！

xiè xie nǐ
7) 謝謝你！

qǐng guān dēng
12) 請關燈！

bié shuō huà
3) 別說話！

bú kè qi
8) 不客氣。

duì bu qǐ
13) 對不起！

méi guān xi
4) 沒關係。

qǐng zuò xia
9) 請坐下！

qǐng zhàn qi lai
14) 請站起來！

qǐng rèn zhēn tīng
5) 請認真聽！

qǐng gēn wǒ dú
10) 請跟我讀！

第五課　請把書打開

A Write the characters.

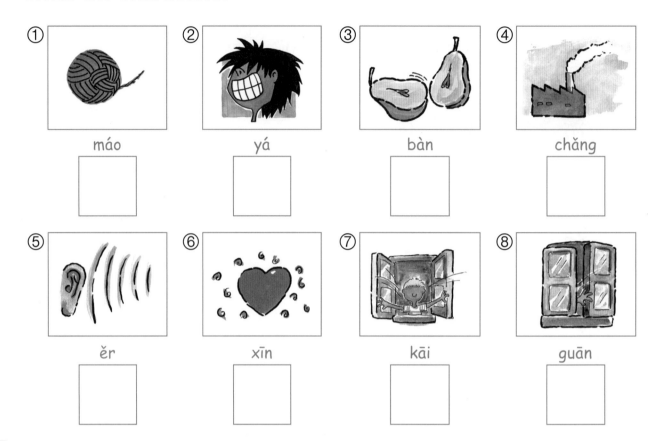

① máo ☐

② yá ☐

③ bàn ☐

④ chǎng ☐

⑤ ěr ☐

⑥ xīn ☐

⑦ kāi ☐

⑧ guān ☐

B Fill in each box with the correct character.

打　寫　想　說　讀　帶　合　拿　聽

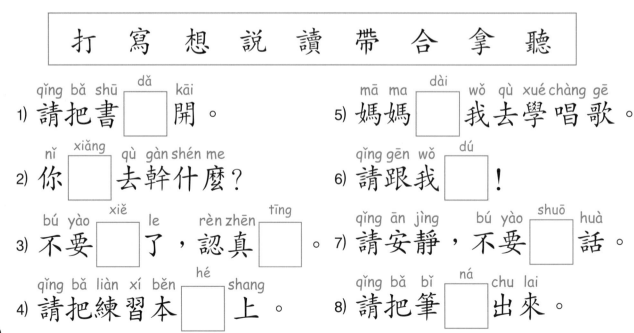

1) 請把書 [dǎ] 開。

2) 你 [xiǎng] 去幹什麼？

3) 不要 [xiě] 了，認真 [tīng]。

4) 請把練習本 [hé] 上。

5) 媽媽 [dài] 我去學唱歌。

6) 請跟我 [dú]！

7) 請安靜，不要 [shuō] 話。

8) 請把筆 [ná] 出來。

第六課　學跳舞

A Write the time in Chinese.

zǎo shang 早上：5:00-9:00	
shàng wǔ 上午：9:00-12:00	
zhōng wǔ 中午：12:00-13:00	
xià wǔ 下午：13:00-18:00	
wǎn shang 晚上：18:00-24:00	

1) 7:15　　早上七點一刻

2) 9:30

3) 12:05

4) 14:45

5) 20:55

B Match the two parts of a sentence.

☐ 1) 媽媽今天帶我
　　mā ma jīn tiān dài wǒ

☐ 2) 我每天都唱歌，
　　wǒ měi tiān dōu chàng gē

☐ 3) 我對媽媽說：
　　wǒ duì mā ma shuō

☐ 4) 小狗不用幹活兒，
　　xiǎo gǒu bú yòng gàn huór

☐ 5) 我爸爸會
　　wǒ bà ba huì

☐ 6) 今天是她的生日，
　　jīn tiān shì tā de shēng rì

a) "我頭痛、咳嗽。"
　wǒ tóu tòng　ké sou

b) 拉小提琴。
　lā xiǎo tí qín

c) 我很喜歡唱歌。
　wǒ hěn xǐ huan chàng gē

d) 去了動物園。
　qù le dòng wù yuán

e) 我們吃了蛋糕。
　wǒ men chī le dàn gāo

f) 每天都在家吃吃喝喝。
　měi tiān dōu zài jiā chī chī hē hē

第六課　學跳舞

A **Write the radicals.**

① ☐ rice

② ☐ metal

③ ☐ bamboo

④ ☐ utensil

⑤ ☐ insect

⑥ ☐ corpse

⑦ ☐ door

⑧ ☐ house-hold

B **Rearrange the words/phrases to make sentences and write them out**

chàng gē　　qù　　wǒ　　xué　　měi tiān　　dōu

1) 唱歌 / 去 / 我 / 學 / 每天 / 都 /。

→ _____

xué　　shàng wǔ shí diǎn　　wǒ　　tiào wǔ

2) 學 / 上午十點 / 我 / 跳舞 /。

→ _____

měi tiān　　dōu　　wǒ　　huà huàr　　zài jiā

3) 每天 / 都 / 我 / 畫畫兒 / 在家 /。

→ _____

xǐ huan　　wǒ　　bù　　lā xiǎo tí qín

4) 喜歡 / 我 / 不 / 拉小提琴 /。

→ _____

xǐ huan　　hěn　　wǒ　　kàn　　diàn shì

5) 喜歡 / 很 / 我 / 看 / 電視 /。

→ _____

第六課　學跳舞

A Fill in each box with the correct character.

唱　説　跳　騎　聽　拿　拉　做　過

1) jiě jie hěn xǐ huan chàng gē
姐姐很喜歡 □ 歌。

2) dì di bú huì lā xiǎo tí qín
弟弟不會 □ 小提琴。

3) qǐng bǎ kè běn ná chu lai
請把課本 □ 出來!

4) gē ge xiǎng xué qí mǎ
哥哥想學 □ 馬。

5) wǒ měi tiān dōu qù xué tiào wǔ
我每天都去學 □ 舞。

6) wǒ xiàn zài kāi shǐ zuò zuò yè
我現在開始 □ 作業。

7) qǐng rèn zhēn tīng bié shuō huà
請認真 □ ，別 □ 話。

8) bà ba jīn tiān guò shēng rì
爸爸今天 □ 生日。

B Write down the meaning of each sentence.

1) wǒ men míng tiān qù kàn diàn yǐng
我們明天去看電影。 _____

2) nǐ bú yào qù shàng xué le
你不要去上學了。 _____

3) qǐng bǎ kè běn hé shang
請把課本合上。 _____

4) nǐ jīn tiān bú yòng chuān dà yī
你今天不用 穿大衣。 _____

C Write down the meaning of each word.

1) shàng xué xué xiào xiào fú
上學 → 學校 → 校服

2) jīn tiān tiān qì qì wēn
今天 → 天氣 → 氣溫

23

第六課　學跳舞

A Find the common part and write it out.

1) ☐ < gē 歌 / sòu 嗽

2) ☐ < ān 安 / yào 要

3) ☐ < xīn 新 / suǒ 所

4) ☐ < ǎi 矮 / duǎn 短

5) ☐ < ké 咳 / kè 刻

6) ☐ < jì 季 / hǎo 好

B Fill in the activity schedule based on the passage.

xīng qī yī 星期一	跑步 早上七點
xīng qī sān 星期三	
xīng qī wǔ 星期五	
xīng qī liù 星期六	
xīng qī rì 星期日	

wǒ yǒu hěn duō ài hào　xīng qī
我有很多愛好。星期
yī zǎo shang qī diǎn wǒ qù pǎo bù　xīng
一早上七點我去跑步。星
qī sān mā ma dài wǒ qù yóu yǒng　xīng
期三媽媽帶我去游泳。星
qī wǔ wǒ qù xué huà huàr　wǒ hěn
期五我去學畫畫兒。我很
xǐ huan huà huàr　xīng qī liù shàng wǔ
喜歡畫畫兒。星期六上午
wǒ qù qí mǎ　xīng qī rì xià wǔ wǒ
我去騎馬。星期日下午我
qù tī zú qiú
去踢足球。

第七課　烏龜腿很短

A Write the characters if you can, otherwise use pinyin.

Answers:

a) 頭 tóu

b) 手 shǒu

c) 腿 tuǐ

d) 腳 jiǎo

e) 頭髮 tóu fa

f) 嘴巴 zuǐ ba

g) 鼻子 bí zi

h) 眼睛 yǎn jing

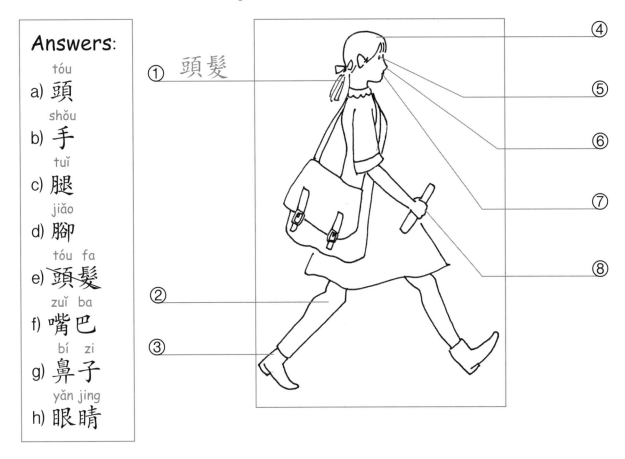

① 頭髮
②
③
④
⑤
⑥
⑦
⑧

B Match the description with the animal.

1) 猴子 hóu zi

a) 牠身上的毛是黑色和白色的。 tā shēn shang de máo shì hēi sè hé bái sè de

2) 馬 mǎ

b) 牠有長長的尾巴。牠跑得很快。 tā yǒu cháng cháng de wěi ba　tā pǎo de hěn kuài

3) 熊貓 xióng māo

c) 牠有長長的脖子。 tā yǒu cháng cháng de bó zi

4) 河馬 hé mǎ

d) 牠住在樹上。牠喜歡吃香蕉。 tā zhù zài shù shang　tā xǐ huan chī xiāng jiāo

5) 長頸鹿 cháng jǐng lù

e) 牠的身體很大。牠有大嘴巴。 tā de shēn tǐ hěn dà　tā yǒu dà zuǐ ba

第七課　烏龜腿很短

A Write the radicals.

① ☐ cliff

② ☐ shelter

③ ☐ ritual

④ ☐ enclosure

⑤ ☐ foot

⑥ ☐ stone

⑦ ☐ claw

⑧ ☐ long knife

B Fill in the blanks with the words in the box.

diàn nǎo	yī guì	dòng wù	qì chē	shū	cǎi sè bǐ
電腦	衣櫃	動物	汽車	書	彩色筆

1) dòng wù yuán li yǒu
動物園裏有＿＿＿＿。

4) tú shū guǎn li yǒu
圖書館裏有＿＿＿＿。

2) shū zhuō shang yǒu
書桌上有＿＿＿＿。

5) mǎ lù shang yǒu
馬路上有＿＿＿＿。

3) wén jù hé li yǒu
文具盒裏有＿＿＿＿。

6) wò shì li yǒu chuáng hé
臥室裏有牀和＿＿＿＿。

C Match the nouns with the verbs in the box.

tán	shuō
彈	説
lā	zuò
拉	做
chàng	wèn
唱	問

1) gē
＿＿＿＿歌

4) gāng qín
＿＿＿＿鋼琴

2) zuò yè
＿＿＿＿作業

5) wèn tí
＿＿＿＿問題

3) hàn yǔ
＿＿＿＿漢語

6) xiǎo tí qín
＿＿＿＿小提琴

第七課　烏龜腿很短

Write the characters if you can, otherwise use pinyin.

Answers:

a) 貓 māo

b) 狗 gǒu

c) 鳥 niǎo

d) 馬 mǎ

e) 魚 yú

f) 蛇 shé

g) 河馬 hé mǎ

h) 大象 dà xiàng

i) 熊貓 xióng māo

j) 烏龜 wū guī

k) 猴子 hóu zi

l) 老虎 lǎo hǔ

m) 獅子 shī zi

n) 大猩猩 dà xīng xing

o) 長頸鹿 cháng jǐng lù

①

鳥

②

③

④

⑤

⑥

⑦

⑧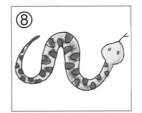

⑨

⑩

⑪

⑫

⑬

⑭

⑮

第七課　烏龜腿很短

A Rearrange the words/phrases to make sentences and write them out.

1) 問題 / 了 / 弟弟 / 很多 / 問 /。
 → _____

2) 嗎 / 小頭的河馬 / 好看 / 會 / ?
 → _____

3) 沒有 / 尾巴 / 大猩猩 /。
 → _____

4) 大 / 嘴巴 / 的 / 河馬 / 很 /。
 → _____

B Fill in each box with the correct character.

昨□ 爺爺、奶奶 □ 我去了動物園。動物
園 □ 有很 □ 動物。我去看了老虎、獅子、大
□ 、長頸鹿、河 □ 、猴子等。我 □ 喜歡熊
貓，□ 們很可愛。我還喜歡看鳥。鳥的羽 □
是紅色的 □ 黃色的。

第八課　小狗的周末

A Complete the sentence with the correct reason.

tā bù xǐ huan chī shuǐ guǒ a) 他不喜歡吃水果	tā jīn tiān shēng bìng le b) 她今天生病了
jīn tiān hěn lěng c) 今天很冷	tā méi yǒu dài bǐ d) 她沒有帶筆

wǒ wèi shén me yào chuān dà yī　　dài wéi jīn　　　yīn wèi
1) 我為什麼要穿大衣、戴圍巾？因為＿＿＿＿＿＿。

mèi mei wèi shén me méi yǒu qù shàng xué　　yīn wèi
2) 妹妹為什麼沒有去上學？因為＿＿＿＿＿＿。

dì di wèi shén me bù chī xī guā　　yīn wèi
3) 弟弟為什麼不吃西瓜？因為＿＿＿＿＿＿。

tā wèi shén me bú zuò liàn xí　　yīn wèi
4) 她為什麼不做練習？因為＿＿＿＿＿＿。

B Circle the words that you know and write down their meanings.

① wèi	shén	me	shàng	zhōng	gōng	yuán	diàn	chāo	shì
為	什	麼	上	中	公	園	電	超	市
zhōu	mò	xué	shēng	wǔ	zǎo	nǎo	shì	yǐng	rén
周	末	學	生	午	早	腦	視	影	人
yóu	yǒng	chí	xiào	wǎn	fàn	tóu	dōng	xi	yuàn
游	泳	池	校	晚	飯	頭	東	西	院

1) ___why___   2) _____   3) _____   4) _____

5) _____   6) _____   7) _____   8) _____

9) _____   10) _____   11) _____   12) _____

29

第八課　小狗的周末

A Write the radicals.

① ☐ small   ② ☐ soil   ③ ☐ tiger   ④ ☐ writing

⑤ ☐ jade   ⑥ ☐ sheep   ⑦ ☐ hand   ⑧ ☐ food

B Match the nouns with the verbs in the box.

măi	huà	wèn	shuō	zuò	zuò	wánr	qí	tán
買	畫	問	説	坐	做	玩兒	騎	彈

1) _____ 漢語 (hàn yǔ)   2) _____ 自行車 (zì xíng chē)   3) _____ 出租車 (chū zū chē)

4) _____ 畫兒 (huàr)   5) _____ 東西 (dōng xi)   6) _____ 問題 (wèn tí)

7) _____ 作業 (zuò yè)   8) _____ 鋼琴 (gāng qín)   9) _____ 電腦遊戲 (diàn nǎo yóu xì)

C Write down the meaning of each sentence.

1) 你為什麼不喜歡過周末？ (nǐ wèi shén me bù xǐ huan guò zhōu mò) _____

2) 媽媽星期一去超市買東西。 (mā ma xīng qī yī qù chāo shì mǎi dōng xi) _____

3) 我們明天去飯店吃飯。 (wǒ men míng tiān qù fàn diàn chī fàn) _____

4) 我們星期五去電影院看電影。 (wǒ men xīng qī wǔ qù diàn yǐng yuàn kàn diàn yǐng) _____

第八課　小狗的周末

A. List the items according to the shops below.

shū bāo 書包	lǐ zi 李子	shū zhuō 書桌	guǒ zhī 果汁	liáng xié 涼鞋	táo zi 桃子
qiān bǐ 鉛筆	xī guā 西瓜	píng guǒ 蘋果	yī guì 衣櫃	táng guǒ 糖果	liàn xí běn 練習本
pí xié 皮鞋	shǔ piàn 薯片	yǐ zi 椅子	chǐ zi 尺子	cǎo méi 草莓	qiǎo kè lì 巧克力

wén jù diàn
1) 文具店：_____

shuǐ guǒ diàn
2) 水果店：_____

jiā jù diàn
3) 家具店：_____

chāo shì
4) 超市：_____

xié diàn
5) 鞋店：_____

B. Write one character for each radical.

1) 口：☐　　2) 冂：☐　　3) 阝：☐　　4) 广：☐

5) 走：☐　　6) 巾：☐　　7) 犭：☐　　8) 月：☐

第八課　小狗的周末

A **Rearrange the words/phrases to make sentences and write them out.**

1)
xǐ huan / zhōu mò / xiǎo gǒu / guò / bù
喜歡 / 周末 / 小狗 / 過 / 不 / 。

→ _____

2)
kàn diàn yǐng / míng tiān / wǒ men / diàn yǐng yuàn / qù
看電影 / 明天 / 我們 / 電影院 / 去 / 。

→ _____

3)
mǎi dōng xi / nǎi nai / chāo shì / měi tiān dōu / qù
買東西 / 奶奶 / 超市 / 每天都 / 去 / 。

→ _____

4)
xīng qī tiān / fàn diàn / wǒ men / qù / chī fàn
星期天 / 飯店 / 我們 / 去 / 吃飯 / 。

→ _____

B **Fill in each box with the correct character.**

zuó
☐ 天是星期六。上午爸爸、媽媽 ☐ 我去

動物 ☐ 。我們看了很 ☐ 動物。中午我們在北京

飯 ☐ 吃飯。下午我們去電影 ☐ 看電影。

☐ 天是星期日。上午我們去超 ☐ 買東

西。下午我 ☐ 爸爸去踢 ☐ 球。

第九課　我家附近

A Write the radicals.

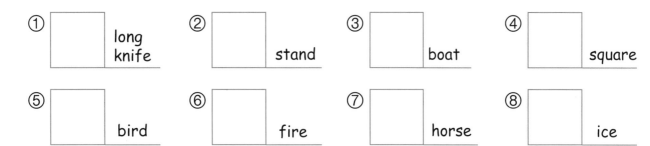

① [　] long knife
② [　] stand
③ [　] boat
④ [　] square
⑤ [　] bird
⑥ [　] fire
⑦ [　] horse
⑧ [　] ice

B List the items according to the shops below.

táng guǒ a) 糖果	máo yī b) 毛衣	miàn bāo c) 麵包	yī guì d) 衣櫃
qiān bǐ e) 鉛筆	píng guǒ f) 蘋果	chǐ zi g) 尺子	xī guā h) 西瓜
kù zi i) 褲子	chuáng tóu guì j) 牀頭櫃	wán jù xióng k) 玩具熊	wán jù chē l) 玩具車

wán jù diàn
1) 玩具店：

_____

wén jù diàn
2) 文具店：

_____

biàn lì diàn
3) 便利店：

jiā jù diàn
4) 家具店：

_____

shuǐ guǒ diàn
5) 水果店：

_____

fú zhuāng diàn
6) 服裝店：

_____

第九課　我家附近

Fill in the blanks with the correct place names.

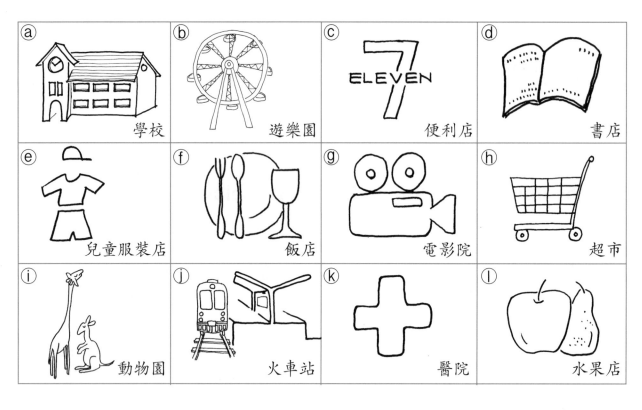

a 學校　　b 遊樂園　　c 便利店　　d 書店

e 兒童服裝店　　f 飯店　　g 電影院　　h 超市

i 動物園　　j 火車站　　k 醫院　　l 水果店

qù　　　　kàn diàn yǐng
1) 去 __g__ 看電影

qù　　　　kàn xióng māo
7) 去 ____ 看熊貓

qù　　　　wánr　guò shān chē
2) 去 ____ 玩兒過山車

qù　　　　mǎi cài　ròu　yú děng
8) 去 ____ 買菜、肉、魚等

qù　　　　mǎi píng guǒ
3) 去 ____ 買蘋果

qù　　　　mǎi shū
9) 去 ____ 買書

qù　　　　chī fàn
4) 去 ____ 吃飯

qù　　　　shàng xué
10) 去 ____ 上學

qù　　　　mǎi táng guǒ
5) 去 ____ 買糖果

qù　　　　kàn yī shēng
11) 去 ____ 看醫生

qù　　　　zuò huǒ chē
6) 去 ____ 坐火車

qù　　　　mǎi chèn shān hé kù zi
12) 去 ____ 買襯衫和褲子

第九課　我家附近

A **Rearrange the words/phrases to make sentences and write them out.**

yǒu fù jìn wǒ jiā hé biàn lì diàn chāo shì

1) 有 / 附近 / 我家 / 和 / 便利店 / 超市 /。

→ _____

wán jù cháng cháng wán jù diàn wǒ mǎi qù

2) 玩具 / 常常 / 玩具店 / 我 / 買 / 去 /。

→ _____

yuǎn huǒ chē zhàn lí hěn wǒ jiā

3) 遠 / 火車站 / 離 / 很 / 我家 /。

→ _____

qù wǒ men yì jiā rén yóu lè yuán míng tiān

4) 去 / 我們一家人 / 遊樂園 / 明天 /。

→ _____

B **Write down the meaning of each word.**

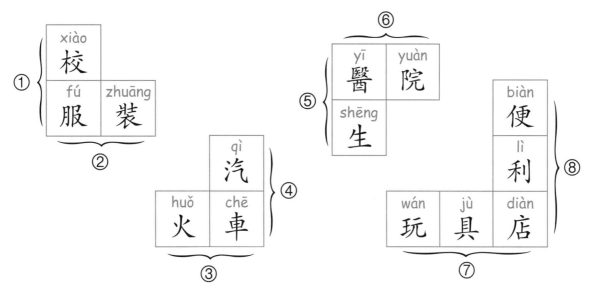

35

第九課　我家附近

A Write the characters.

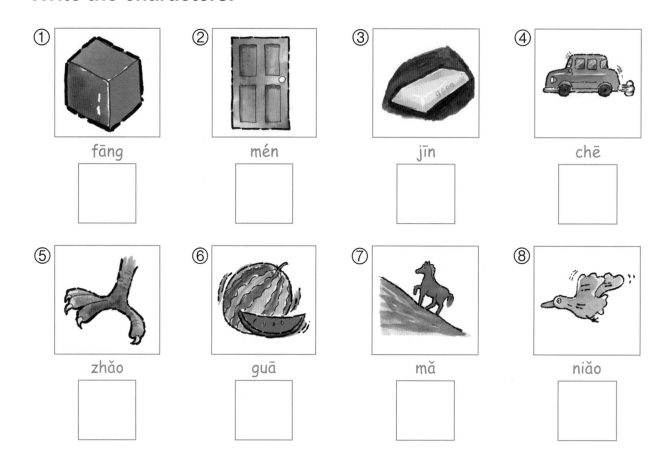

① fāng

② mén

③ jīn

④ chē

⑤ zhǎo

⑥ guā

⑦ mǎ

⑧ niǎo

B Fill in each box with the correct character.

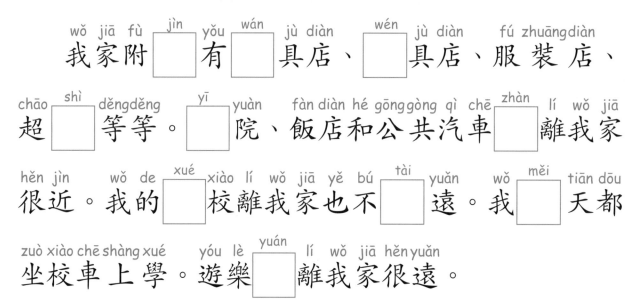

wǒ jiā fù jìn yǒu wán jù diàn wén jù diàn fú zhuāng diàn
我家附☐有☐具店、☐具店、服裝店、

chāo shì děngděng yī yuàn fàn diàn hé gōng gòng qì chē zhàn lí wǒ jiā
超☐等等。☐院、飯店和公共汽車☐離我家

hěn jìn wǒ de xué xiào lí wǒ jiā yě bú tài yuǎn wǒ měi tiān dōu
很近。我的☐校離我家也不☐遠。我☐天都

zuò xiào chē shàng xué yóu lè yuán lí wǒ jiā hěn yuǎn
坐校車上學。遊樂☐離我家很遠。

第十課　我長大後

A Circle the action word that matches with the job.

①	dài fu 大夫	zhuō mí cáng a) 捉迷藏	mài shuǐ guǒ b) 賣水果	kàn bìng c) 看病
②	chú shī 廚師	zuò cài a) 做菜	dàng qiū qiān b) 盪鞦韆	tán gāng qín c) 彈鋼琴
③	hù shi 護士	zuò zuò yè a) 做作業	dǎ zhēn b) 打針	huá bīng c) 滑冰
④	lǎo shī 老師	jiāo shū a) 教書	chī yào b) 吃藥	yǎng chǒng wù c) 養寵物
⑤	sī jī 司機	kāi chē a) 開車	chàng gē b) 唱歌	pǎo bù c) 跑步

B Rearrange the words/phrases to make sentences and write them out.

zǒng shì　　wǒ　　yào　　dài fu　　chī　　gěi
1) 總是 / 我 / 藥 / 大夫 / 吃 / 給 /。

→ _____

bú　　zhǎng dà yǐ hòu　　wǒ　　zuò　　hù shi
2) 不 / 長大以後 / 我 / 做 / 護士 /。

→ _____

zuò　　xiǎng　　zhǎng dà yǐ hòu　　fú wù yuán　　jiě jie
3) 做 / 想 / 長大以後 / 服務員 / 姐姐 /。

→ _____

第十課　我長大後

A Highlight the sentences in different colours. Write down the meaning of each sentence.

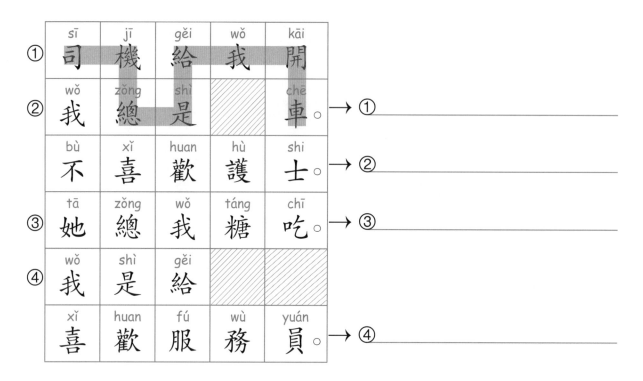

→ ①

→ ②

→ ③

→ ④

B Write down the meaning of each word.

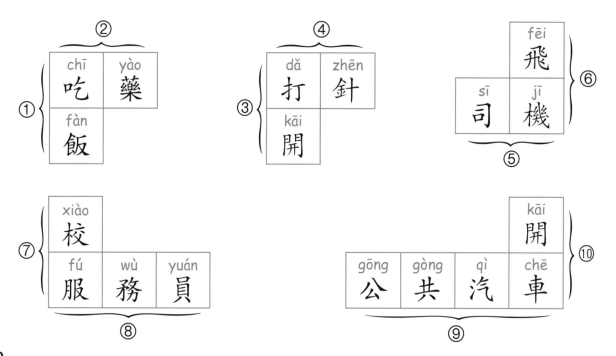

第十課　我長大後

A Write the radicals.

① ☐ ornament　② ☐ bow　③ ☐ owe　④ ☐ page

⑤ ☐ strength　⑥ ☐ metal　⑦ ☐ utensil　⑧ ☐ insect

B Translate the sentences.

tā zài cāo chǎng shang tī qiú
1) 他在操場上踢球。

fú wù yuán zài fàn diàn gōng zuò
2) 服務員在飯店工作。

_____

dài fu zài yī yuàn gōng zuò
3) 大夫在醫院工作。

wǒ zài chǒng wù diàn mǎi le yì zhī gǒu
4) 我在寵物店買了一隻狗。

_____

C Circle the words that you know and write down their meanings.

① dài 大	fu 夫	zǒng 總	shì 是	hù 護
chī 吃	yào 藥	yī 醫	shēng 生	shi 士
fàn 飯	lǎo 老	sī 司	dǎ 打	zhēn 針
shī 師	fēi 飛	jī 機	qiú 球	kāi 開
fú 服	wù 務	yuán 員	qì 汽	chē 車

1) ___doctor___　6) _____

2) _____　7) _____

3) _____　8) _____

4) _____　9) _____

5) _____　10) _____

第十課　我長大後

A Match the nouns with the verbs in the box.

lā	chàng	shuā	huà	tī	mǎi	yǎng	zuò	chī
拉	唱	刷	畫	踢	買	養	坐	吃

1) _____ 牙 (yá)

2) _____ 足球 (zú qiú)

3) _____ 藥 (yào)

4) _____ 小提琴 (xiǎo tí qín)

5) _____ 歌 (gē)

6) _____ 東西 (dōng xi)

7) _____ 畫兒 (huàr)

8) _____ 地鐵 (dì tiě)

9) _____ 寵物 (chǒng wù)

B Fill in the blanks with items that you can buy from the shops below.

táng guǒ	shū
糖果	書
qiān bǐ	yī guì
鉛筆	衣櫃

1) 書店 (shū diàn)：_____

2) 便利店 (biàn lì diàn)：_____

3) 文具店 (wén jù diàn)：_____

4) 家具店 (jiā jù diàn)：_____

C Fill in each box with the correct character.

做　生　想　士　打　總　吃　員

我爸爸是醫□（wǒ bà ba shì yī shēng）。我媽媽是護□（wǒ mā ma shì hù shi）。我長（wǒ zhǎng）

大以後不□醫生、護士，他們□是給我（dà yǐ hòu bú zuò yī shēng hù shi tā men zǒng shì gěi wǒ dǎ）

針、□藥。我長大以後□做服務□（zhēn chī yào wǒ zhǎng dà yǐ hòu xiǎng zuò fú wù yuán）。

第十一課　媽媽做的菜

Write the characters if you can, otherwise use pinyin.

Answers:

a) qīng cài 青菜

b) là jiāo 辣椒

c) huáng guā 黃瓜

d) mó gu 蘑菇

e) cài huā 菜花

f) qín cài 芹菜

g) nán guā 南瓜

h) dōng guā 冬瓜

i) xī lán huā 西蘭花

j) hú luó bo 胡蘿蔔

k) xī hóng shì 西紅柿

l) juǎn xīn cài 捲心菜

①

捲心菜

②

③

④

⑤

⑥

⑦

⑧

⑨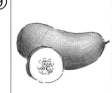

⑩

⑪

⑫

第十一課　媽媽做的菜

A Write the colour(s) for each food.

① 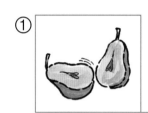 黃色

②

③

④

⑤

⑥

⑦

⑧

Useful words:

a) hēi sè 黑色

b) lǜ sè 綠色

c) zǐ sè 紫色

d) hóng sè 紅色

e) huī sè 灰色

f) huáng sè 黃色

g) zōng sè 棕色

h) fěn sè 粉色

i) chéng sè 橙色

B Answer the questions.

nǐ yì bān jǐ diǎn chī zǎo fàn　nǐ yì bān chī shén me
1) 你一般幾點吃早飯？你一般吃什麼？

nǐ yì bān jǐ diǎn chī wǔ fàn　nǐ yì bān chī shén me
2) 你一般幾點吃午飯？你一般吃什麼？

第十一課　媽媽做的菜

A **Rearrange the words/phrases to make sentences and write them out.**

1) <ruby>不<rt>bú</rt></ruby> / <ruby>做飯<rt>zuò fàn</rt></ruby> / <ruby>會<rt>huì</rt></ruby> / <ruby>我媽媽<rt>wǒ mā ma</rt></ruby> / 。

→ _____

2) <ruby>一個菜<rt>yí ge cài</rt></ruby> / <ruby>今天<rt>jīn tiān</rt></ruby> / <ruby>我<rt>wǒ</rt></ruby> / <ruby>了<rt>le</rt></ruby> / <ruby>做<rt>zuò</rt></ruby> / 。

→ _____

3) <ruby>難<rt>nán</rt></ruby> / <ruby>炒青菜<rt>chǎo qīng cài</rt></ruby> / <ruby>很<rt>hěn</rt></ruby> / <ruby>吃<rt>chī</rt></ruby> / 。

→ _____

4) <ruby>有<rt>yǒu</rt></ruby> / <ruby>炒飯<rt>chǎo fàn</rt></ruby> / <ruby>裏面<rt>lǐ miàn</rt></ruby> / <ruby>雞蛋<rt>jī dàn</rt></ruby> / <ruby>芹菜<rt>qín cài</rt></ruby> / <ruby>和<rt>hé</rt></ruby> / 。

→ _____

B **Tick the ingredients you may need to make each food.**

① <ruby>蛋糕<rt>dàn gāo</rt></ruby>	a) <ruby>麵粉<rt>miàn fěn</rt></ruby>	b) <ruby>雞蛋<rt>jī dàn</rt></ruby>	c) <ruby>辣椒<rt>là jiāo</rt></ruby>	d) <ruby>糖<rt>táng</rt></ruby>
② <ruby>三明治<rt>sān míng zhì</rt></ruby>	a) <ruby>麵包<rt>miàn bāo</rt></ruby>	b) <ruby>黃瓜<rt>huáng guā</rt></ruby>	c) <ruby>火腿<rt>huǒ tuǐ</rt></ruby>	d) <ruby>西瓜<rt>xī guā</rt></ruby>
③ <ruby>比薩餅<rt>bǐ sà bǐng</rt></ruby>	a) <ruby>西紅柿<rt>xī hóng shì</rt></ruby>	b) <ruby>蘑菇<rt>mó gu</rt></ruby>	c) <ruby>香腸<rt>xiāng cháng</rt></ruby>	d) <ruby>西蘭花<rt>xī lán huā</rt></ruby>

第十一課　媽媽做的菜

A **Write down the meaning of each word.**

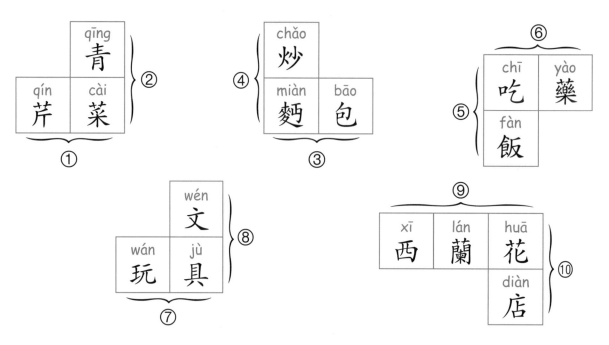

qīng 青
qín 芹　cài 菜 } ②
① 芹菜

chǎo 炒
miàn 麵　bāo 包 } ④
③

⑥
chī 吃　yào 藥
fàn 飯 } ⑤

wén 文
wán 玩　jù 具 } ⑧
⑦

⑨
xī 西　lán 蘭　huā 花
diàn 店 } ⑩

B **Fill in each blank with the correct character.**

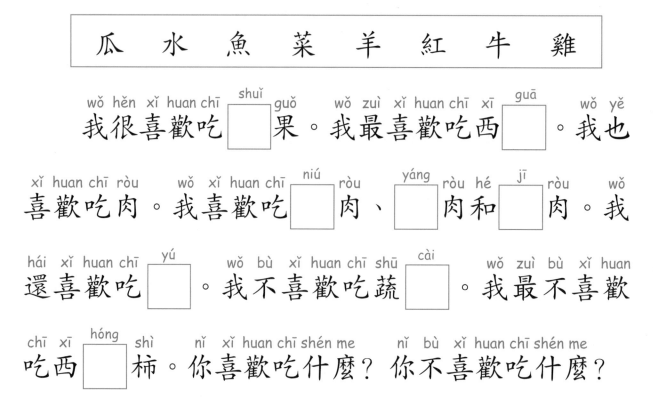

| 瓜 | 水 | 魚 | 菜 | 羊 | 紅 | 牛 | 雞 |

wǒ hěn xǐ huan chī □shuǐ guǒ。wǒ zuì xǐ huan chī xī □guā。wǒ yě
我很喜歡吃 □ 果。我最喜歡吃西 □。我也

xǐ huan chī ròu。wǒ xǐ huan chī □niú ròu、□yáng ròu hé □jī ròu。wǒ
喜歡吃肉。我喜歡吃 □ 肉、□ 肉和 □ 肉。我

hái xǐ huan chī □yú。wǒ bù xǐ huan chī shū □cài。wǒ zuì bù xǐ huan
還喜歡吃 □。我不喜歡吃蔬 □。我最不喜歡

chī xī □hóng shì。nǐ xǐ huan chī shén me？nǐ bù xǐ huan chī shén me？
吃西 □ 柿。你喜歡吃什麼？你不喜歡吃什麼？

第十二課　中餐很好吃

A Write the characters.

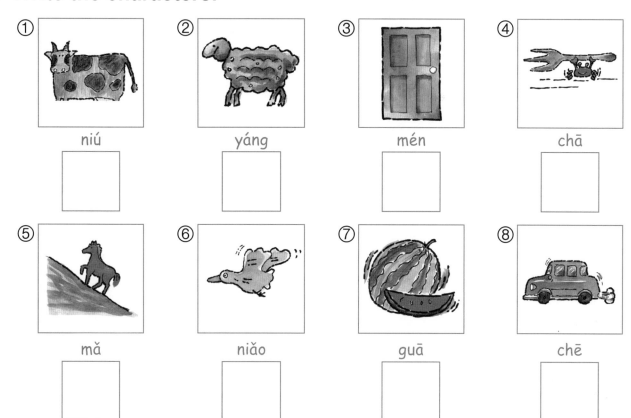

① niú

② yáng

③ mén

④ chā

⑤ mǎ

⑥ niǎo

⑦ guā

⑧ chē

B Write down the meaning of each sentence.

wǒ xǐ huan chī bái cài jiǎo zi
1) 我喜歡吃白菜餃子。_____

shā lā li yǒu huáng guā
2) 沙拉裏有黃瓜。_____

cài ròu hún tun hěn hǎo chī
3) 菜肉餛飩很好吃。_____

bà ba huì zuò kǎo niú pái
4) 爸爸會做烤牛排。_____

wǒ wǎn fàn chī mǐ fàn hé yú
5) 我晚飯吃米飯和魚。_____

第十二課　中餐很好吃

A Write down the meaning of each radical and character.

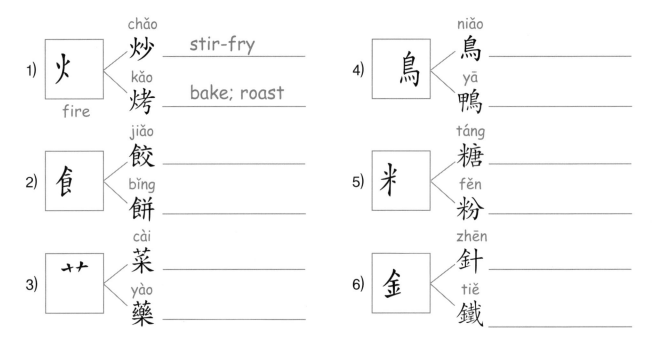

1) 火 fire
   - chǎo 炒 — stir-fry
   - kǎo 烤 — bake; roast

2) 食
   - jiǎo 餃 ___
   - bǐng 餅 ___

3) 艹
   - cài 菜 ___
   - yào 藥 ___

4) 鳥
   - niǎo 鳥 ___
   - yā 鴨 ___

5) 米
   - táng 糖 ___
   - fěn 粉 ___

6) 金
   - zhēn 針 ___
   - tiě 鐵 ___

B Write the characters if you can, otherwise use pinyin.

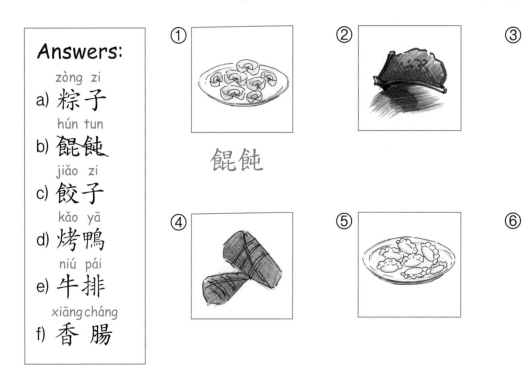

Answers:
a) zòng zi 粽子
b) hún tun 餛飩
c) jiǎo zi 餃子
d) kǎo yā 烤鴨
e) niú pái 牛排
f) xiāng cháng 香腸

① 餛飩
②
③
④
⑤
⑥

第十二課　中餐很好吃

A Highlight the sentences in different colours. Write down the meaning of each sentence.

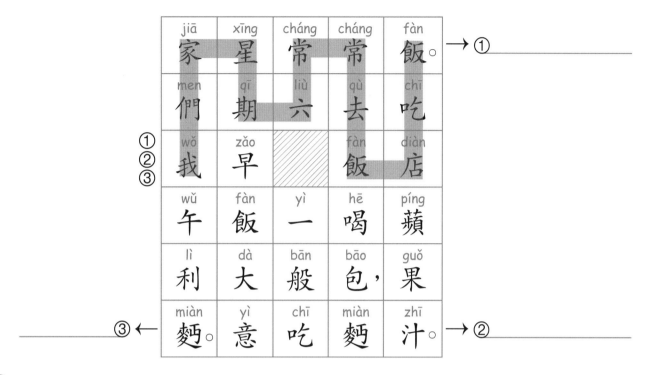

jiā 家	xīng 星	cháng 常	cháng 常	fàn 飯。 → ① _____
men 們	qī 期	liù 六	qù 去	chī 吃
①②③ wǒ 我	zǎo 早		fàn 飯	diàn 店
wǔ 午	fàn 飯	yì 一	hē 喝	píng 蘋
lì 利	dà 大	bān 般	bāo 包，	guǒ 果
③ ← miàn 麵。 _____	yì 意	chī 吃	miàn 麵	zhī 汁。 → ② _____

B Rearrange the words/phrases to make sentences and write them out.

1) běi jīng kǎo yā　hǎo chī　hěn
北京烤鴨 / 好吃 / 很 / 。→ _____

2) yáng ròu jiǎo zi　hǎo chī　hěn　yě
羊肉餃子 / 好吃 / 很 / 也 / 。→ _____

3) zuò fàn　bù　wǒ　xǐ huan
做飯 / 不 / 我 / 喜歡 / 。→ _____

4) lǐ miàn　zòng zi　huǒ tuǐ　yǒu
裏面 / 粽子 / 火腿 / 有 / 。→ _____

5) xǐ huan　niú pái　wǒ　chī
喜歡 / 牛排 / 我 / 吃 / 。→ _____

第十二課　中餐很好吃

A **Write the characters if you can, otherwise use pinyin.**

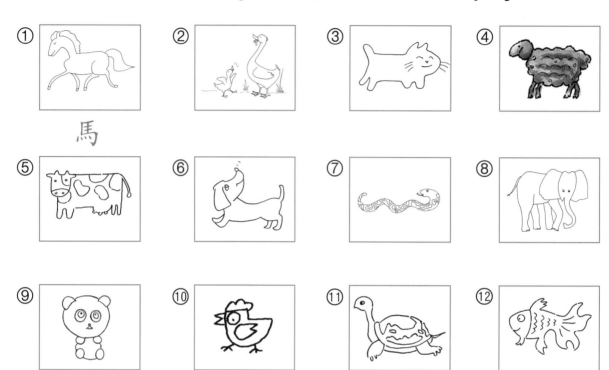

馬

B **Fill in each box with the correct character.**

家　餃　星　唱　鴨　果　魚　肉　店

jīn tiān shì ☐(xīng)期日，是我的生日。我們一☐(jiā)

rén qù fàn ☐(diàn) 吃飯。我們吃了北京烤☐(yā)、☐(yú)、牛

☐(ròu)，還吃了☐(jiǎo)子和蛋糕。我們喝了☐(guǒ)汁和可

樂。我的家人給我☐(chàng)了生日歌。

第十三課　我渴了

A **Find the common part and write it out. Write down the meaning of each character.**

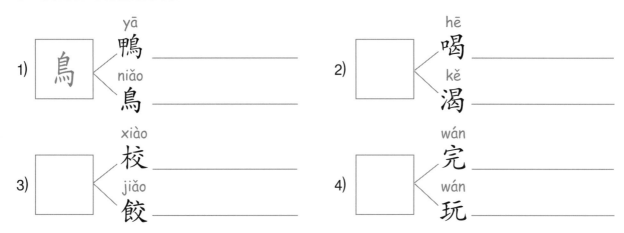

1)
鳥
- yā 鴨 _____
- niǎo 鳥 _____

2)
- hē 喝 _____
- kě 渴 _____

3)
- xiào 校 _____
- jiǎo 餃 _____

4)
- wán 完 _____
- wán 玩 _____

B **Rearrange the words/phrases to make sentences and write them out.**

1) wán / wǒ / le / chī
完 / 我 / 了 / 吃 /。

→ _____

2) è / le / wǒ / chī fàn / yào / wǒ
餓 / 了，/ 我 / 吃飯 / 要 / 我 /。

→ _____

3) kě yǐ / xiàn zài / nǐ / wánr / chū qu
可以 / 現在 / 你 / 玩兒 / 出去 /。

→ _____

4) mǐ fàn / wǒ / yì bān / wǎn fàn / chī / hé / chǎo cài
米飯 / 我 / 一般 / 晚飯 / 吃 / 和 / 炒菜 /。

→ _____

第十三課　我渴了

A Match the nouns with the verbs in the box.

hē	chàng	kàn	shuō	chī	zuò	zuò	mǎi	lā
喝	唱	看	説	吃	坐	做	買	拉

1) _____ diàn shì 電視

2) _____ zuò yè 作業

3) _____ xiào chē 校車

4) _____ hàn yǔ 漢語

5) _____ kě lè 可樂

6) _____ jiǎo zi 餃子

7) _____ gē 歌

8) _____ wán jù 玩具

9) _____ xiǎo tí qín 小提琴

B Write down the meaning of each word.

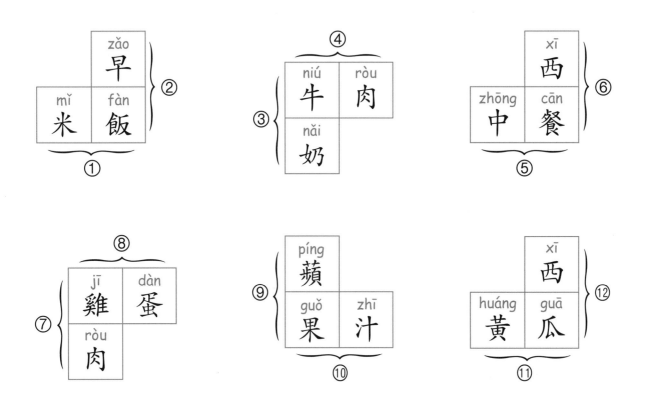

第十三課　我渴了

A Write the characters.

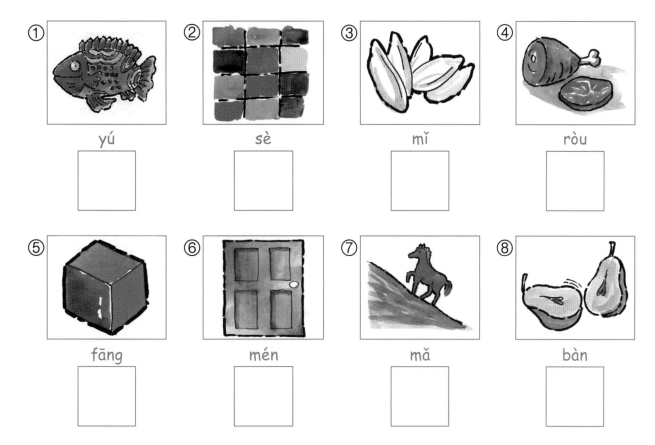

① yú

② sè

③ mǐ

④ ròu

⑤ fāng

⑥ mén

⑦ mǎ

⑧ bàn

B Match the two parts of a sentence.

wǒ bǎo le
1) 我飽了，

wǒ yào chī fàn
a) 我要吃飯。

wǒ zuò wán zuò yè le
2) 我做完作業了，

wǒ bù chī le
b) 我不吃了。

wǒ è le
3) 我餓了，

wǒ yào hē shuǐ
c) 我要喝水。

wǒ kě le
4) 我渴了，

wǒ yào chū qu wánr
d) 我要出去玩兒。

jīn tiān hěn lěng
5) 今天很冷，

nǐ yào chuān dà yī dài mào zi
e) 你要穿大衣，戴帽子。

51

第十三課　我渴了

A Write down the meaning of each sentence.

wǒ kě yǐ qù cè suǒ ma
1) 我可以去廁所嗎？

nǐ xiàn zài bù kě yǐ chū qu wánr
4) 你現在不可以出去玩兒。

nǐ wǎn shang bù kě yǐ qù yóu yǒng
2) 你晚上不可以去游泳。

wǒ xǐ huan chī zhōng cān hé xī cān
5) 我喜歡吃中餐和西餐。

wǒ měi tiān dōu zuò xiào chē shàng xué
3) 我每天都坐校車上學。

tā yào qù biàn lì diàn mǎi miàn bāo
6) 他要去便利店買麵包。

B Circle the words that you know and write down their meanings.

① niú 牛	pái 排	suān 酸	shǔ 薯	rè 熱
ròu 肉	nǎi 奶	tiáo 條	piàn 片	gǒu 狗
lào 酪	shā 沙	lā 拉	qì 汽	táng 糖
wǎn 晚	wǔ 午	bǐng 餅	shuǐ 水	guǒ 果
chǎo 炒	fàn 飯	gān 乾	xī 西	zhī 汁
cài 菜	miàn 麵	bāo 包	huáng 黃	guā 瓜

1) ___beef___ 7) _____

2) _____ 8) _____

3) _____ 9) _____

4) _____ 10) _____

5) _____ 11) _____

6) _____ 12) _____

第十四課　毛毛蟲

Label the things/places in Chinese if you can, otherwise use pinyin.

浴室

Answers:

mén a) 門	kè tīng b) 客廳	yáng tái c) 陽台	wò shì d) 卧室
chuāng e) 窗	chú fáng f) 廚房	yù shì g) 浴室	yóu yǒng chí h) 游泳池

第十四課　毛毛蟲

A **Write the characters if you can, otherwise use pinyin.**

Answers:

a) 餐桌 *cān zhuō*

b) 衣櫃 *yī guì*

c) 椅子 *yǐ zi*

d) 書桌 *shū zhuō*

e) 冰箱 *bīngxiāng*

f) 沙發 *shā fā*

g) 書架 *shū jià*

h) 電視櫃 *diàn shì guì*

i) 空調 *kōng tiáo*

①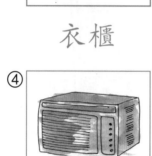

衣櫃

②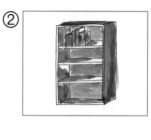

③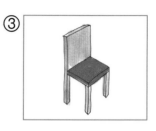

④

⑤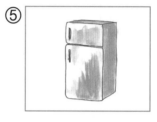

⑥

⑦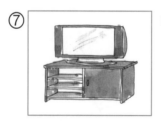

⑧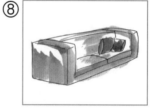

⑨

B **Find the common part and write it out. Write down the meaning of each character.**

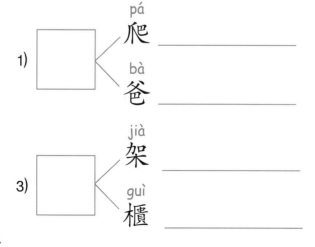

1)
pá 爬 _____
bà 爸 _____

3)
jià 架 _____
guì 櫃 _____

2)
xiāng 箱 _____
xiǎng 想 _____

4)
shí 時 _____
wǎn 晚 _____

第十四課　毛毛蟲

A **Write the meaning of each word.**

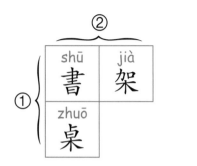

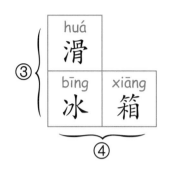

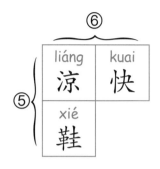

B **Tick the items you may find in each place.**

① jiào shì 教室　　a) shū zhuō 書桌　　b) diàn nǎo 電腦　　c) yǐ zi 椅子　　d) bīng xiāng 冰箱

② wò shì 臥室　　a) shū jià 書架　　b) chuáng 牀　　c) yī guì 衣櫃　　d) yóu yǒng chí 游泳池

③ kè tīng 客廳　　a) nuǎn qì 暖氣　　b) shā lā 沙拉　　c) kōng tiáo 空調　　d) diàn shì guì 電視櫃

④ yáng tái 陽台　　a) huā 花　　b) qì chē 汽車　　c) tái dēng 台燈　　d) zì xíng chē 自行車

C **Find the opposite words in the box and write them out.**

wài	lěng	shàng	bǎo	guān	jìn	hòu	zuǒ
外	冷	上	飽	關	近	後	左

1) yuǎn 遠→＿＿＿＿　　2) lǐ 裏→＿＿＿＿　　3) è 餓→＿＿＿＿　　4) kāi 開→＿＿＿＿

5) qián 前→＿＿＿＿　　6) yòu 右→＿＿＿＿　　7) xià 下→＿＿＿＿　　8) rè 熱→＿＿＿＿

第十四課　毛毛蟲

A **Rearrange the words/phrases to make sentences and write them out.**

　　　　pá shang　*máo mao chóng*　*le*　*bīng xiāng*
1) 爬上 / 毛毛蟲 / 了 / 冰箱 /。

　　→ _____

　　　le　*rè*　*yáng tái shang*　*tài*
2) 了 / 熱 / 陽台上 / 太 / !

　　→ _____

　　máo mao chóng　*pá jìn*　*kōng tiáo*　*le*
3) 毛毛蟲 / 爬進 / 空調 / 了 /。

　　→ _____

B **Fill in each box with the correct character.**

| 書 | 兩 | 住 | 很 | 陽 | 號 | 池 | 花 |

wǒ jiā *zhù* 我家 □ *zài huā yuán lù* 在花園路50 *hào* □。*wǒ jiā yǒu* 我家有 □ *yáng* 台、 *tái*

huā □ *yuán hé yóu yǒng* 園和游泳 *chí* □。*wǒ jiā yǒu sì jiān wò shì* 我家有四間卧室、 *yí ge* 一個 *shū* □

fáng 房、 *yí ge chú fáng hé* 一個廚房和 *liǎng* □ *ge yù shì* 個浴室。*wǒ bà ba* 我爸爸、 *mā ma de fáng* 媽媽的房

jiān 間 *hěn* □ *dà* 大, *wǒ de fáng jiān yě hěn dà* 我的房間也很大。

第十五課　弟弟的房間

A Write the characters if you can, otherwise use pinyin.

Answers:

a) tái dēng 台燈
b) huā píng 花瓶
c) nào zhōng 鬧鐘
d) shǒu biǎo 手錶
e) yǎn jìng 眼鏡
f) bīng xiāng 冰箱
g) nuǎn qì 暖氣
h) gāng qín 鋼琴
i) xiàng kuàng 相框

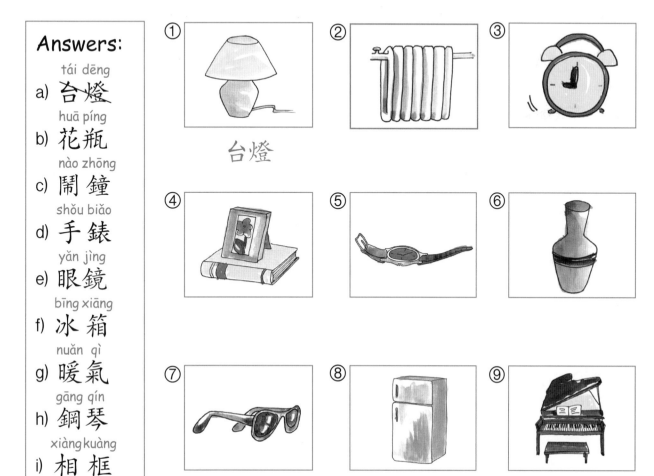

① 台燈

B Write down the meaning of each word.

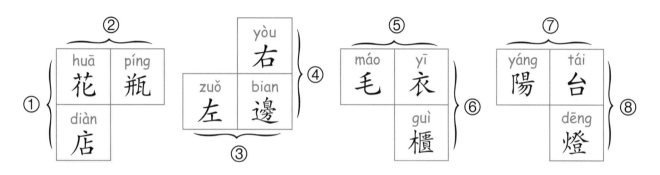

① { ② huā 花　píng 瓶 / diàn 店 }

{ ③ zuǒ 左　bian 邊 / yòu 右 } ④

① { ⑤ máo 毛　yī 衣 / guì 櫃 } ⑥

{ ⑦ yáng 陽　tái 台 / dēng 燈 } ⑧

57

第十五課　弟弟的房間

A **Rearrange the words/phrases to make sentences and write them out.**

1) 亂 / 了 / 小弟弟 / 太 / 房間 / 的 / 。
 luàn le xiǎo dì di tài fáng jiān de

 → _____

2) 的 / 在花瓶裏 / 我 / 手錶 / 。
 de zài huā píng li wǒ shǒu biǎo

 → _____

3) 玩兒 / 出去 / 我 / 想 / 。
 wánr chū qu wǒ xiǎng

 → _____

B **Highlight the sentences in different colours. Write down the meaning of each sentence.**

shǒu 手	biǎo 錶	zài 在		
wǒ 我		bīng 冰	xiāng 箱	shang 上。
de 的	fáng 房	jiān 間	hěn 很	luàn 亂。
tái 台	dēng 燈	zài 在	chuáng 牀	shang 上。
dì 弟	di 弟			
	zài 在	chuáng 牀	dǐ 底	xia 下。

→ ① _____

→ ② _____

→ ③ _____

→ ④ _____

第十五課　弟弟的房間

A **Put a tick if the statement is true and a cross if it is false.**

①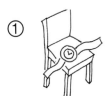
☑

shǒu biǎo zài yǐ zi shang
手錶在椅子上。

④
☐

nào zhōng zài yī guì li
鬧鐘在衣櫃裏。

②
☐

tái dēng zài shā fā xia
台燈在沙發下。

⑤
☐

kè běn zài chuáng dǐ xia
課本在牀底下。

③
☐

huā píng zài shū zhuō shang
花瓶在書桌上。

⑥
☐

zú qiú zài shū jià shang
足球在書架上。

B **Circle the odd one.**

shǒu biǎo　nào zhōng　(shàng wǔ)
1) 手錶　鬧鐘　上午

wò shì　yáng tái　hù shi
4) 卧室　陽台　護士

lǐ miàn　miàn bāo　zuǒ bian
2) 裏面　麵包　左邊

tái dēng　shū jià　shā fā
5) 台燈　書架　沙發

xiàng kuàng　qì chē　huā píng
3) 相框　汽車　花瓶

kōng tiáo　bīng xiāng　yī fu
6) 空調　冰箱　衣服

第十五課　弟弟的房間

A Circle the words that you know and write down their meanings.

① dǐ 底	lǐ 裏	huā 花	diàn 店	fáng 房
xia 下	miàn 面	píng 瓶	shū 書	jiān 間
nuǎn 暖	bīng 冰	xiāng 箱	jià 架	zhuō 桌
qì 氣	huǒ 火	qì 汽	liáng 涼	kuai 快
kāi 開	chē 車	pí 皮	xié 鞋	shǒu 手

1) _____under_____   7) _____

2) _____   8) _____

3) _____   9) _____

4) _____   10) _____

5) _____   11) _____

6) _____   12) _____

B Fill in each box with the correct character.

| 前 | 左 | 視 | 右 | 亂 | 電 | 空 | 多 |

wǒ de fáng jiān bú dà　yě bú [luàn]　wǒ de chuáng zài mén de [zuǒ]
我的房間不大，也不□。我的牀在門的□

bian　shū jià zài mén de [yòu] bian　shū zhuō zài shū jià [qián] miàn　 [diàn] nǎo
邊，書架在門的□邊。書桌在書架□面。□腦

zài shū zhuō shàng miàn　yī guì zài chuáng de qiánmiàn　yī guì li yǒu hěn [duō]
在書桌上面。衣櫃在牀的前面。衣櫃裏有很□

yī fu　wǒ de fáng jiān li méi yǒu [kōng] tiáo　yě méi yǒu diàn [shì]
衣服。我的房間裏沒有□調，也沒有電□。

第十六課　吃飯要用碗

A　Write the characters if you can, otherwise use pinyin.

Answers:

a) shū bāo
書包

b) rì jì běn
日記本

c) qiān bǐ
鉛筆

d) kè běn
課本

e) chǐ zi
尺子

f) wén jù hé
文具盒

g) liàn xí běn
練習本

h) juǎn bǐ dāo
捲筆刀

i) xiàng pí
橡皮

①

鉛筆

②

③

④

⑤

⑥

⑦

⑧

⑨

B　Match the two parts of a sentence.

1) shuā yá yào yòng
刷牙要用

2) xǐ tóu yào yòng
洗頭要用

3) xǐ zǎo yào yòng
洗澡要用

4) chī fàn yào yòng
吃飯要用

a) xǐ fà yè
洗髮液。

b) yá shuā hé yá gāo
牙刷和牙膏。

c) wǎn hé kuài zi
碗和筷子。

d) yù yè
浴液。

第十六課　吃飯要用碗

A　Circle the odd one.

sī jī	shū fáng	kè tīng	chú fáng	yù shì	yáng tái
1) 司機	書房	客廳	廚房	浴室	陽台

kǎo yā	jiǎo zi	chūn tiān	hún tun	zòng zi	chǎo fàn
2) 烤鴨	餃子	春天	餛飩	粽子	炒飯

zhōu mò	shǒu biǎo	huā píng	tái dēng	xiàng kuàng	nuǎn qì
3) 周末	手錶	花瓶	台燈	相框	暖氣

yá shuā	yá gāo	shū zi	bēi zi	máo jīn	xī lán huā
4) 牙刷	牙膏	梳子	杯子	毛巾	西蘭花

chǐ zi	qiān bǐ	diàn shì	jiǎn dāo	xiàng pí	juǎn bǐ dāo
5) 尺子	鉛筆	電視	剪刀	橡皮	捲筆刀

B　Rearrange the words/phrases to make sentences and write them out.

yòng　shuā yá　yào　yá gāo　yá shuā　hé

1) 用 / 刷牙 / 要 / 牙膏 / 牙刷 / 和 /。

→ _____

měi tiān　wǒ　dōu　zǎo shang　xǐ tóu

2) 每天 / 我 / 都 / 早上 / 洗頭 /。

→ _____

yì bān　wǒ men jiā　chǎo cài　wǎn fàn　chī

3) 一般 / 我們家 / 炒菜 / 晚飯 / 吃 /。

→ _____

kuài zi　yòng　chī fàn　yào　wǎn　hé

4) 筷子 / 用 / 吃飯 / 要 / 碗 / 和 /。

→ _____

第十六課 吃飯要用碗

A Write the characters.

① lóng

② shū

③ jiǎo

④ fà

⑤ zhōu

⑥ diàn

⑦ máo

⑧ yá

B Put a tick if the statement is true and a cross if it is false.

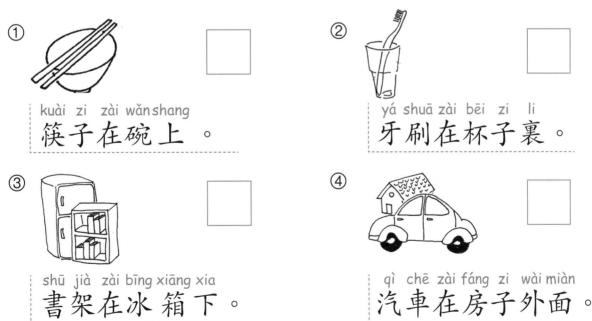

①
kuài zi zài wǎn shang
筷子在碗上。

②
yá shuā zài bēi zi li
牙刷在杯子裏。

③
shū jià zài bīng xiāng xia
書架在冰箱下。

④
qì chē zài fáng zi wài miàn
汽車在房子外面。

第十六課 吃飯要用碗

A Circle the words that you know and write down their meanings.

① yá 牙	shuā 刷	shū 梳	kuài 筷	nào 鬧
gāo 膏	bēi 杯	zi 子	yù 浴	zhōng 鐘
xǐ 洗	tóu 頭	yè 液	shǒu 手	xiàng 相
zǎo 澡	fa 髮	tào 套	biǎo 錶	kuàng 框
yáng 陽	huā 花	píng 瓶	qián 前	tiáo 條

1) toothbrush   7) _____

2) _____   8) _____

3) _____   9) _____

4) _____   10) _____

5) _____   11) _____

6) _____   12) _____

B Fill in each box with the correct character.

半 天 牙 做 晚 牀 坐 覺 去 學

我每 [天] 早上都六點起 [牀]。我洗臉、刷 [牙]。我七點 [半] 吃早飯。我八點 [坐] 校車 [去] 學校。我中午一點吃午飯。我們學校三點放 [學]。我四點 [做] 作業。我們家六點吃 [晚] 飯。我一般九點睡 [覺]。